लफ्ज़-ए-शिकार: अनकही बातों की दस्तक

आसदीप श्रीवास्तव

Made with ♥ on the Notion Press Platform
www.notionpress.com

यह पुस्तक समर्पित है

नाम ही बयां करता है कि यहाँ मोहब्बत कोई खेल नहीं, बल्कि एक ऐसा अहसास है जहाँ दिल खुद-ब-खुद घुटने टेक देता है। 'अनकही बातों की दस्तक' दिल के उन कोनों को छूती है जिन्हें हम अक्सर दुनिया से छुपाकर रखते हैं।

क्रम-सूची

क्रम-सूची

भूमिका

प्रस्तावना

एक लेखक के रूप में 'लफ़्ज़ों की चौखट पर ' केवल शब्दों का ताना-बाना नहीं है, यह सिर्फ एक किताब नहीं, बल्कि जज़बातों का एक ऐसा सफ़र है जो आपको मुस्कुराने, सोचने और शायद एकाध आंसू बहाने पर भी मजबूर कर देगा।

लफ्ज़ ए शिकार: अनकही बातों की दस्तक" एक ऐसी ही बेमिसाल किताब है जो सीधे दिल में उतर जाती है। उस पहलू को बेहद खूबसूरती से उकेरा है जहाँ खामोशी भी बहुत कुछ कह जाती है। किताब का हर एक अध्याय पाठक को बांधकर रखता है और यह एहसास कराता है कि प्यार में पाना या खोना ही सब कुछ नहीं होता, बल्कि उस एहसास को जीना ही असली मुकद्दर है।

यदि आप शायरी, गहरे जज़्बात और दिल को छू लेने वाली कहानियों के शौकीन हैं, तो यह किताब आपकी बुकशेल्फ़ में ज़रूर होनी चाहिए। यह उन सभी के लिए एक परफ़ेक्ट रीड है जो खामोश मोहब्बत और अनकही बातों की गहराई को समझना चाहते हैं।

— आसदीप श्रीवास्तव

VOLUME 1

भूमिका

साहित्य जब केवल विचारों की अभिव्यक्ति न रहकर आत्मा का संवाद बन जाता है, तब 'लफ़्ज़ों की चौखट पर' जैसी कालजयी कृतियों का जन्म होता है। यह महा-उपन्यास महज़ दो विपरीत मिजाज के इंसानों के मिलन और विरह की कहानी नहीं है, बल्कि यह इंसानी जज्बातों के 'इश्क-ए-मिजाजी' (सांसारिक प्रेम) से 'इश्क-ए-हकीकी' (सूफियाना ब्रह्मांडीय ईश्वर-प्रेम) में रूपांतरित होने की एक महा-यात्रा है।

इस उपन्यास की बुनावट में दिल्ली की आधुनिक, भागदौड़ भरी, बौद्धिक और बेबाक साहित्यिक शामों को एक धुर्रे पर रखा गया है, तो दूसरे धुर्रे पर लखनऊ की सदियों पुरानी, गंभीर, तहज़ीबयाफ्ता, नफासत से भरी गलियों और गोमती के शांत घाटों को सहेजा गया है। अंत में, यह कहानी दिल्ली की पावन हज़रत निज़ामुद्दीन दरगाह के रूहानी सहन में आकर थम जाती है, जहाँ लफ़्ज़ मौन हो जाते हैं और सिर्फ आत्मा की कव्वाली गूँजती है। यह संस्करण प्रकाशकीय मानकों (Publication Guidelines) को ध्यान में रखकर अत्यंत सूक्ष्म विवरणों, विस्तृत संवादों और गहरी मनोवैज्ञानिक कशमकश के साथ समृद्ध किया गया है ताकि पाठक इस रूहानी दुनिया में पूरी तरह डूब सकें।

पात्रों का गहरा चित्रण

जनाब आरव साहब (लखनऊ):

अवध के एक बेहद प्रतिष्ठित, रईस और ऐतिहासिक अदबी घराने की आखिरी कड़ी। बचपन से ही मीर, ग़ालिब और इक़बाल की शायरी को ओढ़ने-बिछाने वाले आरव के स्वभाव में गज़ब का ठहराव, नफासत और मर्यादा है। उसके लिए शब्द खिलौना नहीं, बल्कि मंदिर-मस्जिद की तरह पवित्र हैं। वह अपनी हर गज़ल में रूहानी पाकीजगी और हुस्न के सलीके को तरजीह देता है।

सुश्री मीरा (दिल्ली):

नई दिल्ली की आधुनिक, स्वतंत्र, अत्यंत जज्बाती और समकालीन दौर की सर्वाधिक लोकप्रिय युवा कवयित्री। जिसकी रचनाओं में सामाजिक रूढ़ियों पर तीखा प्रहार, बेबाकी, आधुनिक जीवन की विसंगतियाँ और इश्क की एक जलती हुई, तड़पती हुई हकीकत साफ दिखाई देती है। मीरा विचारों से जितनी आज़ाद है, दिल से उतनी ही कोमल और समर्पित है।

दिल्ली की मखमली शाम, अदबी शोर और अनकही दस्तक

दिल्ली की सर्द हवाओं में उस नवंबर की शाम एक अजीब सी हरारत और रूमानियत घुली हुई थी। लोधी रोड पर स्थित इंडिया हैबिटेट सेंटर का विशाल, आधुनिक ऑडिटोरियम कद्रदानों, साहित्यकारों और आलोचकों से खचाखच भरा हुआ था। पैर रखने तक की जगह नहीं थी; गलियारों और सीढ़ियों पर भी लोग अदब के धागे से बंधे बैठे थे। यह देश का सबसे प्रतिष्ठित वार्षिक लिटरेचर फेस्टिवल था, जहाँ शब्दों के पारखी पूरी दुनिया से जमा हुए थे। मंच की बनावट किसी पारंपरिक राजसी मुशायरे जैसी थी—सफेद मखमली गद्दे, मखमली गाव-तकिए और बीच-बीच में जलती हुई मद्धम पीली लाइटें जो माहौल को और भी गहरा और रहस्यमयी बना रही थीं।

तभी मंच के उद्घोषक ने अपनी बुलंद और मखमली आवाज़ में उद्घोषणा की—'ख़वातीन-ओ-हज़रात, अब आपके सब्र के इम्तिहान को और न बढ़ाते हुए, मैं बड़े ही आदर, एहतराम और तहज़ीब के साथ मंच पर आमंत्रित कर रहा हूँ, अवध की सरज़मीं लखनऊ से तशरीफ़ लाए, हुस्न और इश्क के बेहद संजीदा, संस्कारी और गंभीर शायर, जनाब आरव साहब को! ज़ोरदार तालियों से इस्तकबाल कीजिए!'

पूरा हॉल तालियों की गड़गड़ाहट से गूँज उठा। आरव ने बेहद शांत, नपे-तुले और शालीन कदमों से मंच पर प्रवेश किया। उसने गहरे कत्थई रंग का कलीदार सिल्क का कुर्ता पहना हुआ था, जिस पर लखनऊ की बारीक सफेद चिकनकारी की कढ़ाई चमक रही थी। चेहरे पर गहरी सादगी, आँखों पर महीन फ्रेम का चश्मा और होठों पर एक संकोच भरी मुस्कान थी। उसने पोडियम संभाला, माइक को अपनी उंगलियों से हल्का सा छुआ, सामने बैठी हज़ारों की अजनबी भीड़ पर एक बहुत ही गहरी, आत्मिक नज़र डाली। उसने अपनी चमड़े की कीमती डायरी को खोला तक नहीं, उसे किनारे रखा और सीधे अपने दिल की गहराइयों से एक ताज़ा शेर हवाओं के हवाले कर दिया:

"तुम्हारी सादगी पर मर मिटे हैं इस कदर आरव,
कि अब आईने में भी हम खुद को कम, तुम्हें ज्यादा देखते हैं।"

पूरे ऑडिटोरियम में एक पल के लिए सन्नाटा छाया और फिर 'वाह! वाह!', 'सुभानअल्लाह!' और 'बहुत खूब आरव साहब!' के नारों से पूरा हॉल हिल गया। तालियों की गड़गड़ाहट थमने का नाम नहीं ले रही थी। आरव अभी इस तारीफ को स्वीकार करने के लिए सिर झुका ही रहा था कि ऑडिटोरियम के ठीक पिछले हिस्से से, जहाँ रोशनी थोड़ी धुंधली और अंधेरा थोड़ा गहरा था, एक बेहद खनकती हुई, चुंबकीय, बेबाक और पुरअसर आवाज़ गूँजी—'सिर्फ दूर से देखने और आईने में तलाशने से मोहब्बत मुकम्मल नहीं होती जनाब आरव साहब! इश्क में तो खुद को पूरी तरह मिटाना पड़ता है, बेइंतहा डूबना पड़ता है!'

इस अप्रत्याशित हस्तक्षेप से सारे हॉल में अचानक एक सघन सन्नाटा पसर गया। हज़ारों लोगों की गर्दनें एक झटके में पीछे की तरफ मुड़ गईं। वहाँ रोशनी के घेरे में कोई और नहीं, बल्कि दिल्ली की

समकालीन दौर की सबसे बेबाक, प्रखर और आधुनिक युवा कवयित्री मीरा खड़ी थी। उसके हाथों में उसकी सिग्नेचर ब्लैक डायरी थी, उसकी आँखों में गज़ब का बौद्धिक आत्मविश्वास था और होठों पर एक चुटीली, रहस्यमयी मुस्कान। उसने अपने कँधे पर कश्मीरी शॉल को सँभाला और बेहद धीमी मगर नपे-तुले, गरिमामयी कदमों से मंच की तरफ बढ़ने लगी। हर कदम के साथ ऐसा लग रहा था कि वह हवा में एक नई नज़्म बुन रही हो। आरव की आँखों में सीधे झांकते हुए उसने मंच का दूसरा माइक संभाला और अपना प्रतिवाद कुछ इस अंदाज़ में पेश किया:

"नज़र का क्या है, वो तो हर हसीं नज़ारे पर ठहरती है,
मोहब्बत वो है जो रूह में उतरे, और धड़कन बनकर धड़कती है।"

इस बेजोड़ और तीखी हाज़िरजवाबी ने ऑडिटोरियम का तापमान एक झटके में बढ़ा दिया। कद्रदान झूम उठे। आरव, जो आमतौर पर अपनी गंभीर और शांत जीवनशैली के लिए जाना जाता था और जिसे किसी महफ़िल में टोकने की जुर्रत कोई नहीं करता था, उसके होठों पर एक बेहद खूबसूरत, आदरयुक्त मुस्कान तैर गई। उसने बहुत ही सलीके से अपना दाहिना हाथ माथे तक ले जाकर मीरा के इस खूबसूरत और वैचारिक प्रहार का स्वागत किया। उसे अपनी पूरी साहित्यिक यात्रा में पहली बार कोई ऐसा विरोधी मिला था जिसने उसकी शायरी की बुनियाद को न सिर्फ हिलाया था, बल्कि उसमें एक नई रूहानी तड़प फूंक दी थी।

भीगती रात, कैफ़े की खिड़की और लफ़्ज़ों के रेशमी पुल

मुशायरा आधिकारिक रूप से समाप्त हो चुका था, मगर शब्दों का नशा अभी उतरा नहीं था। रात के करीब दस बज चुके थे और दिल्ली की व्यस्त सड़कों पर हल्की-हल्की बूंदाबांदी शुरू हो चुकी थी। लोधी रोड की पीली स्ट्रीट लाइटों की रोशनी भीगी हुई सड़कों पर पानी की बूंदों के साथ तैर रही थी। आरव इंडिया हैबिटेट सेंटर के ठीक पास स्थित एक विंटेज और शांत कैफ़े 'द पोएट्री कॉर्नर' की एक कोने वाली खिड़की के पास बैठा था। कैफ़े की मद्धम रोशनी, पुरानी लकड़ी की मेज़-कुर्सियाँ और काउंटर से उठती गरम कॉफ़ी की भीनी-भीनी भाप हवा में एक अजीब सा सुकूँ बिखेर रही थी। वह अपनी डायरी में कुछ पंक्तियाँ सुधार रहा था।

तभी कैफ़े का भारी काँच का दरवाज़ा खुला और हवा के एक बेहद ठंडे, खुशबूदार झोंके के साथ मीरा अंदर दाखिल हुई। उसकी शॉल पर बारिश की नन्हीं बूंदें मोतियों की तरह चमक रही थीं। इत्तेफाक कहिए या तकदीर का कोई सोचा-समझा इशारा, उस वक्त कैफ़े में सिर्फ आरव वाली मेज़ के सामने वाली कुर्सी ही खाली बची थी। मीरा ने आरव को देखा, उसकी आँखें चमकीं, उसने एक पल के लिए संकोच

किया, फिर अपनी स्वाभाविक बेबाकी के साथ मुस्कुराते हुए आरव की मेज़ की तरफ बढ़ गई और उसकी अनुमति का इंतज़ार किए बिना सामने बैठ गई।

आरव ने कॉफ़ी का गर्म कप होठों से हटाते हुए अपनी आवाज़ में पूरा लखनऊ समेट कर धीमे से कहा, 'तो मोहतरमा मीरा जी... आप अपनी रोज़मर्रा की ज़िंदगी में भी हर बात का जवाब शायरी और शेरों से ही देती हैं या कभी हम जैसे आम इंसानों की तरह सादा गुफ़्तगू भी मुमकिन है?'

मीरा ने अपनी उंगलियों से अपनी बारिश में भीगी, बिखरी हुई ज़ुल्फ़ों को बड़े सलीके से समेटकर कान के पीछे किया, खिड़की के काँच पर बाहर से फिसलती बारिश की बूंदों को देखा और अपनी गहरी, खनकती आवाज़ में कहा:

"हम शायर हैं जनाब, हमारी गुफ़्तगू आम नहीं होती,
हमारी तो खामोशी भी, बिना कहे बदनाम नहीं होती।"

आरव उसकी इस त्वरित हाज़िरजवाबी, चपलता और गहरे आत्मविश्वास पर भीतर ही भीतर पूरी तरह कायल हो चुका था। उसने अपनी पुरानी, भूरे चमड़े की विंटेज डायरी को बीच से खोला, अपने फाउंटेन पेन की कैप को हटाया, उसे अपनी लंबी उंगलियों के बीच घुमाया और मीरा की तरफ देखते हुए कहा, 'बेहद उम्दा! लेकिन अगर आपकी खामोशी इतनी कीमती है, तो फिर इस भीगती हुई दिल्ली की रात, इस अधूरी कॉफ़ी और हमारी इस अप्रत्याशित मुलाकात के नाम एक शेर मेरी तरफ से भी कबूल फरमाइए...'

"ये बारिश का मौसम, ये ठंडी हवा और ये चाय का धुआँ,
इक तुम्हारी कमी है वरना, इस दिल में कोई मलाल कहाँ।"

मीरा ने अपनी नज़रें अपनी ब्लैक डायरी से उठाकर सीधे आरव की गहरी आँखों में डाल दीं। उन आँखों में कोई वासना नहीं थी, कोई दिखावा नहीं था; वहाँ सिर्फ एक अगाध अदब, सम्मान और सादगी का दरिया बह रहा था, जो मीरा को अंदर तक हिला गया। उसने बिना कुछ बोले आरव की खुली हुई डायरी को अपनी तरफ खींचा और नीचे बचे हुए खाली सफेद पन्ने पर अपने खूबसूरत, घुमावदार अक्षरों में तुरंत एक नया मिसरा लिख दिया, जो आरव के शेर का जवाब था:

"कमी तो बस एक बहाना है, तुम्हें हमें पास बुलाना है,
शायरी के इन धागों से, अब एक नया रिश्ता बुन जाना है।"

उस रात दिल्ली की वो भीगती हुई सड़क और वो शांत कैफ़े सिर्फ दो कवियों की मुलाकात का गवाह नहीं बन रहे थे, बल्कि दो बिल्कुल अलग ध्रुवों पर रहने वाले, दो अलग-अलग मिजाज के इंसानों के दिलों के बीच लफ़्ज़ों का एक ऐसा अदृश्य और रेशमी पुल तैयार हो रहा था, जिसे वक्त की कोई भी बेरहम आंधी कभी तोड़ नहीं सकती थी।

गोमती का नारंगी किनारा, रूमी दरवाज़ा और लखनऊ की विरासत

दिन हफ्तों में और हफ्ते महीनों में तब्दील होने लगे। दोनों अपने-अपने शहरों में लौट चुके थे—आरव अपने नफासत भरे लखनऊ में और मीरा अपनी बेबाक दिल्ली में। दोनों के बीच सैकड़ों मीलों का भौगोलिक फासला था, मगर लफ़्ज़ों ने दूरियों के इस अहसास को पूरी तरह मिटा दिया था। अब उनकी रोज़ की शुरुआत किसी औपचारिक 'गुड मॉर्निंग' या साधारण संदेश से नहीं होती थी। रोज़ सुबह आरव अपनी किसी नई, अधूरी गज़ल की दो पंक्तियाँ वॉयस नोट में रिकॉर्ड करके भेजता, और शाम ढलने तक मीरा अपनी आधुनिक नज़्म के टुकड़ों से उस गज़ल को एक जादुई पूर्णता दे देती थी।

एक शाम, लखनऊ में मौसम बेहद हसीन था। आरव गोमती नदी के किनारे, ऐतिहासिक रूमी दरवाज़े के विशाल साए के पास खड़ा था। डूबते हुए सूरज की मद्धम, सुनहरी-नारंगी रोशनी गोमती के शांत, लहरों विहीन पानी पर तैर रही थी। पुराने लखनऊ की मस्जिदों से मगरिब की अज़ान की गूँज हवाओं में पवित्रता बिखेर रही थी। चारों तरफ एक अजीब सा सूफियाना ठहराव और गहरा सूनापन था। आरव को अचानक मीरा की बहुत शिद्दत से याद आई। उसने अपना फोन

निकाला और अपनी मखमली, बेहद संजीदा आवाज़ में एक शेर रिकॉर्ड करके मीरा को भेजा:

"शहर बदला तो हवाओं का मिजाज भी बदल गया,
मगर इस दिल का क्या करें, जो कल भी तुम्हारा था और आज भी पिघल गया।"

उधर नई दिल्ली की एक आधुनिक, ऊँची बिल्डिंग की बालकनी में बैठी मीरा, जो चाय का कप हाथ में लिए दिल्ली के ट्रैफिक को देख रही थी, उसने जैसे ही वह वॉयस नोट प्ले किया, आरव की आवाज़ के ठहराव ने उसकी पूरी दुनिया को रोक दिया। उसके चेहरे पर एक शर्मीली, गहरी और बेहद दिलकश मुस्कान दौड़ गई जो उसकी आधुनिक जीवनशैली में दुर्लभ थी। उसने एक पल भी गंवाए बिना, तुरंत स्क्रीन पर अपनी उंगलियों को दौड़ाया और रिप्लाई टाइप किया:

"दूरी तो बस नक्शों की चंद लकीरें हैं आरव,
तुम जब भी आँखें बंद करोगे, हमें खुद के पास पाओगे।"

इस रूहानी और लफ़्ज़ों की कशिश ने आखिरकार अपना असर दिखाना शुरू किया। कुछ ही हफ्तों बाद, लखनऊ के प्रसिद्ध सफेद बारादरी भवन में एक अखिल भारतीय राष्ट्रीय मुशायरे का भव्य आयोजन किया गया, जिसमें दिल्ली का प्रतिनिधित्व करने के लिए मीरा को विशेष तौर पर आमंत्रित किया गया। जब ट्रेन सुबह-सुबह लखनऊ के ऐतिहासिक चारबाग रेलवे स्टेशन पर रुकी, तो कोहरे की महीन चादर के बीच, सफेद रंग का चिकनकारी का शुद्ध सूती कुर्ता-पाजामा पहने, हाथ में एक गहरा लाल गुलाब लिए आरव खड़ा था। मीरा जैसे ही बोगी से नीचे उतरी, उसने आसमानी रंग का घेरदार अनारकली सूट पहना हुआ था और कँधे पर पश्मीना शॉल थी। जब स्टेशन की उस भारी भीड़ के बीच दोनों की नज़रें मिलीं, तो शोरगुल

पूरी तरह गायब हो गया; लखनऊ की वह सुबह जैसे इतिहास के किसी पन्ने पर हमेशा के लिए जम गई।

आरव ने दो कदम आगे बढ़ाकर, अपने दाहिने हाथ को झुकाकर बेहद अदब और नजाकत से कहा, 'अदब के शहर लखनऊ की इस ऐतिहासिक सरज़मीं पर आपका दिली इस्तकबाल है, सुश्री मीरा जी।'

मीरा ने मुस्कुराते हुए लखनऊ की उस भीनी-भीनी, तहज़ीब से भरी हवा को फेफड़ों में भरा, आरव की आँखों की पाकीजगी को देखा और धीमे से बुदबुदाई:

"सुना था लखनऊ की हवाओं में एक अलग ही तहज़ीब है,
पर आज जाना कि यहाँ का एक शख्स, मेरे दिल के सबसे करीब है।"

भूल-भुलैया की अंधेरी प्राचीर, छत और रूह की शाश्वत किताब

शाम धीरे-धीरे रात के स्याह आगोश में ढल रही थी। लखनऊ का बड़ा इमामबाड़ा अपनी पूरी स्थापत्य कला और ऐतिहासिक भव्यता के साथ आसमान के नीचे खड़ा था। आरव और मीरा उसकी प्रसिद्ध, पेचीदा भूल-भुलैया की शांत, सुनसान और ऊँची छतों पर धीरे-धीरे टहल रहे थे। नीचे पूरा लखनऊ शहर रोशनियों की छोटी-छोटी मालाओं से जगमगा रहा था, मानो आसमान के सारे तारे ज़मीन पर अवध का हुस्न देखने उतर आए हों। ऊपर आसमान में पूरा चाँद चमक रहा था और ठंडी हवा के झोंके मीरा के चेहरे पर बिखरी जुल्फ़ों के साथ खिलवाड़ कर रहे थे।

अचानक टहलते-टहलते मीरा एक पुरानी बुर्ज के पास रुक गई। उसने मुड़कर आरव की तरफ देखा। चाँद की रोशनी सीधे उसके चेहरे पर पड़ रही थी, जहाँ उसकी आँखों में अचानक एक अनजाना सा डर, गहरी उदासी और संशय की लकीरें उभर आईं। उसने बेहद धीमे, कांपते हुए स्वर में पूछा, 'आरव... तुम्हें कभी डर नहीं लगता? हम दोनों शब्दों के सौदागर हैं, ख्यालों की काल्पनिक और हसीन दुनिया में जीते हैं। कहीं ऐसा न हो कि हमारी ये बेहद पवित्र, खूबसूरत और अनूठी मोहब्बत भी

सिर्फ कागज़ के पन्नों, शायरी की कॉपियों और इन विंटेज डायरियों तक ही सिमट कर रह जाए? हकीकत की ये जो भौतिक दुनिया है न आरव... ये बड़ी बेरहम, बड़ी व्यावहारिक होती है। ये जज्बातों को कुचल देती है।'

आरव कुछ पलों के लिए पूरी तरह मौन रहा। उसने हवा की सरसराहट को महसूस किया। फिर वह मीरा के और करीब आया। उसने अपनी आँखें मीरा की आँखों पर टिका दीं, जहाँ उसका खुद का अक्स साफ़ और पारदर्शी दिखाई दे रहा था। उसने बेहद संजीदगी, शिद्दत और परम आदर के साथ मीरा की ठंडी पड़ रही, कांपती हुई उंगलियों को अपने दोनों हाथों की सुरक्षित गिरफ्त में लिया और बहुत ही शांत मगर वजनी आवाज़ में कहा:

"कागज़ के पन्ने तो वक्त के साथ पीले पड़ जाते हैं मीरा,
मैंने तो तुम्हें अपनी रूह की किताब में लिखा है।"

मीरा ने जैसे अपनी साँसें रोक लीं। आरव का एक-एक शब्द किसी मंत्र की तरह सीधे उसकी आत्मा के कपाट खोल रहा था। आरव ने अपनी पकड़ को थोड़ा और आत्मीय बनाते हुए अपनी बात पूरी की और आगे कहा:

"शायरी तो बस जरिया है दुनिया को बताने का,
असल मकसद तो जिंदगी भर, सिर्फ तुम्हारा साथ निभाने का है।"

मीरा की आँखों में छुपा हुआ सारा संशय आंसुओं की दो बूंदों में तब्दील होकर उसके गालों पर ढलक आया। उसने इस बार अपना हाथ आरव की मजबूत गिरफ्त से छुड़ाने की कोई कोशिश नहीं की, बल्कि अपनी उंगलियों को आरव की उंगलियों के बीच और कसकर फंसा दिया, मानो वह अपनी पूरी हस्ती आरव के नाम सौंप रही हो।

उस ऐतिहासिक भूल-भुलैया की ऊँची छत पर, चाँद, तारों और सदियों पुराने पत्थरों की शाश्वत गवाही में, दो महान शायरों ने बिना किसी शोर-शराबे या कसमें-वादे के, एक-दूसरे के नाम अपनी पूरी ज़िंदगी की सबसे मुकम्मल और अमर ग़ज़ल लिख दी थी।

पारिवारिक वज्रपात, पिंजरे की दीवारें और किस्मत की अग्निपरीक्षा

मोहब्बत जब अपनी पूरी शिद्दत, शुद्धता और पाकीजगी पर पहुँचती है, तो यह सांसारिक दुनिया, समाज के ठेकेदार और क्रूर किस्मत अक्सर इम्तिहान की बेहद ऊँची और अभेद्य दीवारें खड़ी कर देते हैं। आरव और मीरा के रूहानी इश्क के साथ भी यही क्रूर खेल खेला गया। जब मीरा लखनऊ के उस हसीन सफर से वापस अपनी व्यावहारिक दुनिया दिल्ली पहुँची, तो उसके घर का पूरा परिदृश्य बदल चुका था।

उसके पिता, जो एक पुराने संकीर्ण विचारों के, कड़े मिजाज के और अत्यंत रूढ़िवादी इंसान थे, उन्होंने समाज में अपने तथाकथित झूठे रुतबे, खानदान की नाक और व्यापारिक स्वार्थ को देखते हुए मीरा की शादी उसकी मर्जी के बिना देश के एक बहुत बड़े टेक्सटाइल बिजनेस टाइकून के इकलौते बेटे से तय कर दी थी। वह लड़का विदेशों से पढ़ा हुआ, करोड़ों की महंगी गाड़ियों और आलीशान बंगलों का मालिक तो था, मगर उसका कला, साहित्य, कविता, मानवीय संवेदनाओं या रूहानी जज्बातों से दूर-दूर तक कोई नाता नहीं था। उसके लिए हर चीज़ एक कमोडिटी, एक सौदा थी।

मीरा ने जब डाइनिंग टेबल पर पिता का यह अंतिम फैसला सुना, तो उसके पैरों तले की ज़मीन जैसे किसी भूकंप से खिसक गई। उसका दम घुटने लगा। उसने रोते हुए, चिल्लाते हुए अपने पिता के पैर पकड़ लिए, मिन्नतें कीं, अपने और आरव के इस पवित्र रिश्ते के बारे में बताना चाहा। लेकिन उसके पिता ने गुस्से में आकर शीशे की मेज़ पर इतनी ज़ोर से हाथ मारा कि मेज़ का कोना चटक गया। उन्होंने चिल्लाते हुए कहा—'बंद करो ये बकवास मीरा! शायरी, लफ़्ज़ों और इन कागज़ के टुकड़ों से भूखे पेट नहीं भरते! जिंदगी गुज़ारने के लिए, व्यावहारिक दुनिया में जीने के लिए जज्बात नहीं, बैंक बैलेंस, रुतबा और ठोस हकीकत की ज़रूरत होती है। यह शादी होगी और इसी आने वाले हफ्ते के भीतर होगी। यह मेरा आखिरी फैसला है।'

मीरा का दिल जैसे शीशे के गिलास की तरह हज़ारों टुकड़ों में बिखर गया। वह दौड़कर अपने कमरे में गई, दरवाज़ा अंदर से बंद किया और बिस्तर पर गिरकर फूट-फूट कर रोने लगी। उसने कांपते, ठंडे हाथों से आरव का नंबर डायल किया। उधर लखनऊ में जैसे ही आरव ने फोन उठाया, मीरा के मुँह से डर के मारे एक भी शब्द नहीं निकला; केवल उसकी घुटी-घुटी सिसकियों, भारी रोने और तड़पने की आवाज़ आरव के कानों से होती हुई उसके सीने में उतर गई। आरव का कलेजा कांप उठा, उसने तड़पकर पोडियम जैसी गंभीर आवाज़ खो दी और कहा, 'मीरा... ओ मेरी मीरा! तुम कुछ मत बोलो। मुझे पता है तुम्हारी ज़ुबान इस वक्त साथ नहीं देगी। तुम बस लिख दो मीरा, अपनी डायरी के पन्ने पर बस लिख दो।'

अगली सुबह, आरव को मीरा का एक संक्षिप्त ईमेल मिला। उसमें कोई लंबा-चौड़ा शिकायतनामा या खत नहीं था। बस एक पन्ने का स्कैन था, जिस पर आंसुओं की बूंदों से स्याही फैली हुई थी और बीच में ये दो अत्यंत दर्दनाक शेर लिखे हुए थे:

"पिंजरा सोने का है और उड़ान पर पहरे हैं,
तुम क्या समझोगे आरव, मेरे ज़ख्म कितने गहरे हैं।"

"वो माँगते हैं मुझसे मेरी खुशियों का सौदा,
और एक हम हैं कि तुम्हारी यादों के सहारे ही ज़िंदा हैं।"

इन लफ़्ज़ों ने आरव के भीतर एक ऐसा प्रलयकारी तूफान खड़ा कर दिया, जिसे संभालना उसके सांसारिक वश में नहीं था। लखनऊ की वो शांत गलियाँ, वो हज़रतगंज का चौराहा, वो गोमती का किनारा जो कभी उसे सूफियाना सुकून देता था, अब उसे किसी नागिन की तरह डसने को दौड़ रहा था। उसने तुरंत अपनी विंटेज डायरी निकाली और रोते हुए, कांपती उंगलियों से फाउंटेन पेन की पूरी स्याही बिखेरते हुए मीरा के उन शेरों का जवाब कुछ इस तरह दर्ज किया:

"सोने की उस ज़ंजीर को हम पिघला देंगे मीरा,
तुम आवाज़ तो दो, हम ज़माने को झुका देंगे मीरा।"

"हकीकत की दुहाई देकर जो तुम्हें हमसे छीनना चाहते हैं,
उन्हें कह दो कि रूह के सौदे बाज़ारों में नहीं होते।"

आरव ने दृढ़ संकल्प कर लिया कि वह इस मतलबी दुनिया के सामने हाथ पर हाथ धरे अपनी रूह, अपनी मीरा को नीलाम होते नहीं देख सकता। उसने अपनी डायरी जेब में रखी, कोई सामान नहीं लिया और दिल्ली जाने वाली अगली तत्काल ट्रेन का टिकट कटवाकर उसी वक्त लखनऊ से रवाना हो गया।

धुंधली दिल्ली, कैफ़े का वो भारी कमरा और फर्ज़ का अंतिम युद्ध

जब आरव दिल्ली के आनंद विहार स्टेशन पर उतरी, तो दिल्ली का आसमान प्रदूषण और उदास धुंध की एक मोटी चादर से ढका हुआ था। मौसम में एक अजीब सा अवसाद था। उसने मीरा को किसी तरह संदेश भेजकर उनके उसी पुराने, भीगे हुए पसंदीदा कैफ़े 'द पोएट्री कॉर्नर' की उसी कोने वाली मेज़ पर बुलाया। मीरा जब कैफ़े के अंदर दाखिल हुई, तो आरव उसे देखकर अंदर से पूरी तरह टूट गया। वह बेबाक, चंचल, उड़ती हुई और हर बात पर शेर सुनाने वाली आज़ाद मीरा पूरी तरह गायब हो चुकी थी। उसकी आँखों के नीचे गहरे, स्याह काले घेरे बन चुके थे, चेहरा किसी मृत पत्र की तरह पीला पड़ चुका था और होठों की प्राकृतिक लाली जैसे किसी ने जबरन सोख ली हो।

मीरा ने जैसे ही आरव को देखा, वह अपनी सुध-बुध खो बैठी और उसकी छाती से लगकर बुरी तरह रोने लगी। उसने हिचकियाँ लेते हुए कहा, 'तुम क्यों आए आरव? तुम्हें लखनऊ से यहाँ नहीं आना चाहिए था। मेरे पिताजी अपनी ज़िद और खानदान की झूठी साख के लिए अपनी जान तक दे सकते हैं। अगर उन्हें ज़रा सी भी भनक लगी कि मैं तुमसे मिलने आई हूँ, तो वह या तो खुद को गोली मार लेंगे या

मुझे मार डालेंगे। हमारी इस पवित्र मोहब्बत का इस व्यावहारिक, क्रूर समाज में कोई भविष्य नहीं है आरव... कोई भविष्य नहीं है।'

आरव ने बिना डरे, आगे बढ़कर मीरा के दोनों ठंडे, बेजान पड़ चुके हाथों को अपने गर्म हाथों में पूरी ताकत से थाम लिया। इस बार उसकी छुअन में केवल एक प्रेमी की कशिश नहीं थी, बल्कि एक हिमालय जैसी अडिग चट्टान का भरोसा था। उसने मीरा की आँखों में आँखें डालकर कहा, 'मीरा, उठो। मेरे साथ इसी वक्त निकलो। हम इस मतलबी शहर, इस समाज से दूर किसी अज्ञात, नए शहर चले जाएंगे, जहाँ कोई हमें नहीं जानता होगा। जहाँ सिर्फ हमारे लफ़्ज़ होंगे, हमारी कविताएँ होंगी और हमारी पाकीज़ा मोहब्बत होगी। चलो मेरे साथ मीरा!'

"दुनिया की हर दीवार को हम लाँघ सकते हैं,
शर्त बस इतनी है कि तुम मेरा हाथ थामे रखना।"

लेकिन मीरा ने एक गहरे झटके के साथ, रोते हुए अपना हाथ आरव की मजबूत गिरफ्त से छुड़ा लिया। उसकी आँखों से आंसुओं का एक अंतहीन सैलाब बह रहा था। उसने रोते हुए, अपनी कांपती हुई आवाज़ को पूरी ताकत से बटोरकर कहा, 'मोहब्बत सिर्फ स्वार्थ की तरह किसी को पा लेने या समाज से भाग जाने का नाम नहीं है आरव! अगर मेरे इस एक कदम से मेरे बूढ़े पिता का सिर समाज में हमेशा के लिए झुक गया, अगर उनके सीने में दिल का दौरा पड़ गया और उनकी जान चली गई, तो मैं इस जीवन में कभी भी खुद की नज़रों में उठ नहीं पाऊँगी। तुम खुद बताओ आरव...

तुम तो तहज़ीब के शायर हो, क्या तुम भविष्य में कभी एक ऐसी मीरा से मोहब्बत कर पाओगे जो अंदर से पूरी तरह मर चुकी हो, जो अपने ही पिता की हत्यारी हो और खुद की नज़रों में एक घिनौनी गुनहगार हो? जवाब दो मुझे आरव!'

मीरा का यह तीखा, व्यावहारिक और नैतिक सवाल आरव के सीने में किसी ज़हरीले खंजर की तरह आर-पार हो गया। तहज़ीब, संस्कारों और पारिवारिक फर्ज़ के इस अदृश्य मगर लोहे जैसे मजबूत दायरे ने उन दोनों महान कवियों को पूरी तरह असहाय और अपाहिज बना दिया था। आरव के पास इस सवाल का कोई जवाब नहीं था। कैफ़े की उस कोने वाली मेज़ पर एक ऐसी भारी, जानलेवा और दम घोंटू खामोशी पसर गई, जिसमें सिर्फ उन दोनों के दिलों के टूटने और सिसकियों की धीमी आवाज़ आ रही थी।

मीरा धीरे से उठी, उसने अपनी शॉल को सँभाला और बिना पीछे मुड़े, भारी कदमों से कैफ़े के काँच के दरवाज़े से बाहर निकलकर धुंध में गायब हो गई। आरव वहीं बैठा रहा। वह पीछे से भागकर उसे आवाज़ देने की अपनी मर्यादा खो चुका था। उसने बस अपनी डायरी का एक कोना फाड़ा, जिस पर उसने ट्रेन के सफर में एक आखिरी शेर लिखा था, और उसे कॉफ़ी के कप के नीचे दबाकर छोड़ दिया:

"तुम्हारी साख पर आए आँच, तो हम पीछे हट जाएँगे,
मगर याद रखना मीरा, हम जियेंगे भी तुम्हारे नाम से और मर भी तुम्हारे नाम पर जाएँगे।"

सुर्ख लाल जोड़ा, महफ़िल-ए-मातम और आखिरी विदाऊती मुशायरा

आखिरकार मीरा की शादी का वो मनहूस दिन आ ही गया, जिसे समाज 'शुभ विवाह' कह रहा था। उसकी शादी से ठीक दो रात पहले, उसके पिता ने अपनी धन-दौलत, व्यापारिक रुतबे और झूठी शान का प्रदर्शन करने के लिए दिल्ली के एक अत्यंत आलीशान, सात-सितारा हेरिटेज होटल के ग्रैंड बॉलरूम में एक बेहद भव्य और राजसी 'महफ़िल-ए-शायरी' का आयोजन किया था। यह समाज को मीरा की विदाई का जश्न दिखाने का एक आडंबरपूर्ण जरिया था। देश के तमाम बड़े, दिग्गज और राष्ट्रीय स्तर के शायरों को निमंत्रण पत्र भेजे गए थे। और किस्मत का सबसे क्रूर, सबसे वीभत्स मज़ाक देखिए—उस निमंत्रण सूची में मुख्य अतिथि और सत्र के संचालक के रूप में लखनऊ के जनाब आरव साहब का नाम सबसे ऊपर सुनहरे अक्षरों में दर्ज था। आरव मना नहीं कर सका, क्योंकि मीरा के पिता ने इसे एक कड़े व्यापारिक और सामाजिक प्रोटोकॉल के तहत भेजा था।

होटल का विशाल बॉलरूम सूफियाना, मद्धम पीली और कत्थई रोशनी से जगमगा रहा था। हवा में ऊँचे दर्जे के मखमली इत्र, चमेली के फूलों के गजरों और मद्धम जलती हुई मोमबत्तियों का धुआँ तैर

रहा था। मंच के पार्श्व में सारंगी, जलतरंग और सितार की एक ऐसी दर्दभरी, करुण तान गूँज रही थी जो दिल को चीर रही थी। महफ़िल में दिल्ली और मुंबई के रईस, उद्योगपति और बड़े-बड़े लोग सफेद रेशमी लिबासों में मखमली गाव-तकियों के सहारे बैठे थे।

मीरा हॉल के एक ऊँचे, विशेष रूप से सजाए गए राजसी मंच पर दुल्हन के भारी, सुर्ख गहरे लाल रंग के जोड़े में बैठी थी। वह सिर से लेकर पैर तक सोने, हीरों और पन्नों के कीमती गहनों से पूरी तरह लदी हुई थी। लेकिन उसका खूबसूरत चेहरा किसी मज़ार पर ढके सफेद कफ़न जैसा पूरी तरह बेजान और सुन्न लग रहा था। उसकी आँखों का गहरा काजल आँसू के एक झटके से बहने को बेताब था, मगर उसने अपनी पलकों पर फर्ज़ और मजबूरी का एक लोहे जैसा कड़ा पहरा बिठा रखा था। वह एक ज़िंदा लाश की तरह बैठी थी।

तभी बॉलरूम का विशाल, नक्काशीदार मुख्य दरवाज़ा खुला और आरव ने हॉल के भीतर कदम रखा। उसने पूरी तरह काले रंग की बंदगले की राजसी शेरवानी पहनी हुई थी, जिस पर कोई चमक-दमक नहीं थी। उसके बाल थोड़े बिखरे हुए थे, चेहरा पूरी तरह शांत और निर्विकार था, मगर उसकी आँखों में एक अजीब सा, ब्रह्मांडीय सूफियाना वैराग्य (Absolute Detachment) साफ झलक रहा था। वह अब दुनिया का कोई आम आशिक या रोने वाला प्रेमी नहीं लग रहा था; वह एक ऐसा सूफी संत लग रहा था जो दुनियावी सुख-दुख के बंधनों से बहुत ऊपर, मोक्ष के मार्ग पर निकल चुका हो।

जब मंच के उद्घोषक ने बहुत ही कांपती, भावुक आवाज़ में माइक पर पुकारा—'ख़वातीन-ओ-हज़रात... अब आपके सामने इस महफ़िल की आख़िरी और सबसे अज़ीम विदाऊती नज़्म पेश करने आ रहे हैं, जनाब आरव साहब...' तो पूरे सात-सितारा हॉल में एक ऐसा खौफनाक सन्नाटा छा गया कि लोगों की साँसों और शमाओं के जलने की आवाज़ भी साफ़ सुनी जा सकती थी।

आरव बेहद धीमे, गरिमामयी और शांत कदमों से चलकर मंच के केंद्र में आया। उसने माइक को अपने हाथ में लिया। उसने आज अपनी जेब से कागज़ का कोई पन्ना, डायरी या पेन नहीं निकाला; आज उसके लफ़्ज़ सीधे उसकी आत्मा को चीरते हुए बाहर आ रहे थे। उसने अपनी दोनों आँखें सीधे सामने मंच पर बैठी दुल्हन बनी मीरा की आँखों पर टिका दीं और अपनी बेहद गहरी, दर्द से सराबोर मगर रूहानी आवाज़ में सीधे मीरा को संबोधित करते हुए पढ़ना शुरू किया:

"ये सुर्ख जोड़ा, ये ज़ेवर, ये महफ़िल मुबारक हो तुम्हें,
तुम ज़मीन की रीत निभाओ, हम आसमान के हो जाते हैं।"

"मोहब्बत का ताल्लुक जिस्म के बाज़ारों से था ही कब,
तुम दुनिया की दुल्हन बनो, हम खुदा के मेहमान हो जाते हैं।"

आरव की इस रूहानी आवाज़ के निकलते ही पूरी महफ़िल में एक कँपकँपी, एक सिहरन दौड़ गई। वहाँ बैठे बड़े-बड़े उद्योगपति और आलोचक अपनी जगहों पर स्तब्ध, जड़ रह गए। कइयों के हाथों से वाइन के ग्लास छूटने को हुए। मीरा के पिता भी आरव के इन ब्रह्मांडीय, रूहानी लफ़्ज़ों में छिपे अगाध दर्द और अपनी बेटी की बर्बादी को अचानक भांपकर अपनी वीआईपी कुर्सी पर बेहद असहज और ग्लानि से भर गए। इधर मीरा के सब्र, ज़ब्त और पहरे का बांध पूरी तरह टूट गया। उसकी आँखों से आंसुओं का एक ऐसा सैलाब उमड़ा जिसने उसकी विदाई के महंगे मेकअप और काजल को पूरी तरह धो डाला। वह पूरी महफ़िल के सामने अपने घूँघट को पकड़कर फूट-फूट कर रो पड़ी।

लेकिन आरव रुका नहीं, उसने अपनी आवाज़ को और ऊँचा, और सूफियाना करते हुए ब्रह्मांड को हिलाने वाला अपना आखिरी शेर पढ़ा:

"हक ना मिला इस जहाँ में तो मलाल कैसा आरव,
मज़ार पर मिलेंगे जब दोनों, तो ज़माना सजदा करेगा।"

आरव ने धीरे से माइक को पोडियम पर रखा, पूरी रोती हुई महफ़िल को आखिरी बार झुककर एक अंतिम विदाऊती सलाम किया, और बिना एक पल के लिए पीछे मुड़े, सीधे हॉल के मुख्य दरवाज़े से बाहर अंधेरी रात में निकल गया। वह उस रात सिर्फ उस सात-सितारा होटल के बॉलरूम से बाहर नहीं निकला था, बल्कि इस फानी, मतलबी, भौतिक और व्यावहारिक दुनिया के तमाम रिश्तों, बंधनों और सीमाओं से हमेशा-हमेशा के लिए बाहर निकल चुका था।

निज़ामुद्दीन का रूहानी सहन, इकतारे की धुन और अमर सूफ़ियाना निकाह

मुशायरे की वो प्रलयंकारी रात इतिहास के पन्नों में दफ़्न हो गई। मीरा की शादी हो गई और वह विदा होकर दूर एक अनजान शहर, एक अजनबी आलीशान बंगले और एक ऐसी यांत्रिक ज़िंदगी के रास्ते पर चली गई, जहाँ धन-दौलत तो अगाध थी, मगर लफ़्ज़ों, कविताओं और जज्बातों की कोई जगह नहीं थी। वह ताज़िंदगी एक खामोश गुड़िया बनकर अपने पारिवारिक कर्तव्यों को निभाती रही। उधर, आरव ने उस खौफनाक रात के बाद अपनी ज़िंदगी का रुख पूरी तरह बदल लिया। उसने फिर कभी किसी आम मुशायरे, महफ़िल या कवि सम्मेलन में कदम नहीं रखा। उसने लखनऊ का अपना करोड़ों का पुश्तैनी मकान, अपनी सारी ज़मीन-जायदाद, अपनी कीमती डायरियाँ, अपनी शोहरत और अपना नाम, सब कुछ हमेशा के लिए त्याग दिया।

वह दिल्ली लौट आया, मगर आलीशान कॉलोनियों में नहीं, बल्कि सूफ़ियों के गढ़—हज़रत निज़ामुद्दीन दरगाह के पावन सहन में। उसने दुनियावी कत्थई कुर्ते उतारकर एक पुराना, फटा हुआ सूफ़ियाना सफेद चोगा पहन लिया, गले में काले मोतियों की माला डाल ली और

हाथों में एक पुराना, लकड़ी का इकतारा थाम लिया। उसकी शायरी अब किसी हाड़-मांस के इंसान के हुस्न, जिस्म या जुल्फ़ों तक महदूद नहीं थी; उसका 'इश्क-ए-मिज़ाजी' (सांसारिक प्रेम) अब पूरी तरह 'इश्क-ए-हकीकी' (ईश्वरीय सूफी प्रेम) में रूपांतरित हो चुका था। वह दिन-रात दरगाह के एक ठंडे, शांत कोने में संगमरमर के फर्श पर बैठ जाता और अपने इकतारे की एक अकेली धुन पर मगन होकर गाता रहता। वह जब भी गाता, दरगाह पर आने वाले सैकड़ों जायरीन, फकीर और कद्रदान अपनी सुध-बुध खोकर रो पड़ते। लोग उसे 'शायर बाबा' कहने लगे थे:

"वो जिसे दुनिया विदाई कहती है, वो तो बस एक पर्दा है,
रूह तो कब की निकाह कर चुकी, अब बस फना होना बाकी है।"

वक्त अपनी रफ्तार से बहता रहा। मौसम बदले, पतझड़ आए, हवाएँ बदलीं और देखते ही देखते कई दशक गुज़र गए। आरव अब पूरी तरह बूढ़ा हो चुका था। उसके सिर और दाढ़ी के बाल कश्मीरी बर्फ की तरह सफेद हो चुके थे, चेहरे पर उम्र और तपस्या की झुर्रियों का एक गहरा, पवित्र जाल बन चुका था। मगर उसकी आँखों के भीतर खुदा और अपनी उसी पाकीज़ा मोहब्बत के लिए वही पुरानी, दिव्य और रूहानी चमक आज भी बरकरार थी।

एक शाम, निज़ामुद्दीन दरगाह के सहन में कव्वाली की बेहद जादुई, रूहानी महफ़िल जमी हुई थी। कव्वाल ढोलक और हरमोनियम पर अमीर खुसरो का सूफियाना कलाम गा रहे थे और पूरा माहौल 'अल्लाह हू... अल्लाह हू' के गगनभेदी नारों से गूँज रहा था। हवा में लोबान और अगरबत्तियों का पवित्र धुआँ तैर रहा था। आरव हमेशा की तरह अपने उसी कोने में बैठा, आँखों को बंद किए, अपने पुराने इकतारे के तारों को छेड़ते हुए रूहानी मस्ती में झूम रहा था।

ठीक उसी वक्त, दरगाह के विशाल, भारी लोहे के मुख्य दरवाज़े से एक बूढ़ी औरत अंदर दाखिल हुई। उसके सारे बाल चांदी की तरह सफेद थे, रीढ़ की हड्डी थोड़ी झुक चुकी थी, आँखें मद्धम हो चुकी थीं, मगर उसने अपने कांपते हुए सीने से एक पुरानी, जर्जर, फटी हुई चमड़े की ब्लैक डायरी को किसी नवजात बच्चे की तरह बेहद हिफ़ाज़त से लगा रखा था। वह कोई और नहीं, दुनिया के सारे सांसारिक फर्ज़, ज़िम्मेदारियाँ और शादियाँ पूरी करके, अपने पति के देहांत के बाद अंततः अपनी रूह को तलाशने लौटी मीरा थी।

जैसे ही मीरा ने दरगाह के उस पावन सहन में कदम रखा, उसकी मद्धम पड़ चुकी निगाहें सीधे कोने में बैठे उस सफेद दाढ़ी वाले 'शायर बाबा' पर जाकर ठहर गईं। ठीक उसी पल, जैसे किसी अदृश्य तरंग ने छुआ हो, आरव ने भी अपनी आँखें खोल दीं। सालों-साल, दशकों के विरह के बाद, दो बूढ़े शायर आज एक-दूसरे के आमने-सामने खड़े थे। कोई चीख-पुकार नहीं हुई, कोई शिकवा नहीं हुआ, कोई पुरानी शिकायत या आंसू नहीं बहा। दोनों एक-दूसरे को देखकर ठीक वैसे ही और उतनी ही पवित्रता से मुस्कुराए, जैसे दशकों पहले दिल्ली की उस पहली बारिश में, 'द पोएट्री कॉर्नर' कैफ़े की भीगती हुई खिड़की वाली मेज़ पर मुस्कुराए थे। उनकी मोहब्बत वक्त, उम्र, जिस्म और इस भौतिक संसार के तमाम थपेड़ों से बहुत ऊपर उठकर ब्रह्मांड में अमर हो चुकी थी।

आरव ने मुस्कुराते हुए, आखिरी बार अपने कांपते हाथों से इकतारे के तारों को छुआ, अपनी आँखें मीरा की आँखों में डालीं और अपनी ज़िंदगी की अंतिम नज़्म, अपनी आखिरी गज़ल की ये पंक्तियाँ पढ़ीं:

"लफ़्ज़ों की चौखट पर जो सफ़र शुरू हुआ था मीरा,
आज खुदा की चौखट पर आकर मुकम्मल हो गया।"

जैसे ही आरव के होठों से ये आखिरी पावन लफ़्ज़ निकले, उसका वृद्ध शरीर हल्का सा कांपा। इकतारा उसके शिथिल हाथों से छूटकर फर्श पर गिर गया और उसका सिर दरगाह के पवित्र, ठंडे संगमरमर के फर्श पर सजदे की मुद्रा में हमेशा के लिए झुक गया। उसने अपनी आखिरी सांस ले ली थी—वह अपनी मोहब्बत और खुदा में पूरी तरह फना हो चुका था।

और ठीक उसी पल, आरव से महज़ कुछ ही फीट की दूरी पर खड़ी मीरा की आँखों से उसका आखिरी आंसुओं का कतरा जमीन पर गिरा। उसने अपनी फटी हुई ब्लैक डायरी को पूरी ताकत से अपने सीने से भींचा, उसके होठों पर आरव का नाम उभरा, उसकी आँखें हमेशा-हमेशा के लिए बंद हो गईं और वह भी वहीं दरगाह के सहन में ठंडी होकर फर्श पर गिर पड़ी। दोनों की पवित्र आत्माएं एक ही पल में, एक ही झटके में इस फानी दुनिया के हाड़-मांस के पिंजरे को तोड़कर, आसमान के पार हमेशा-हमेशा के लिए एक हो गईं।

दरगाह के कव्वाल अभी भी पूरी मस्ती में गा रहे थे, और आसमान से हल्की-हल्की रूहानी, खुशबूदार बारिश की बूंदें गिरने लगी थीं, मानो कुदरत और खुदा खुद इन दो महान शायरों के इस रूहानी, शाश्वत निकाह पर आसमान से अमृत बरसा रहे हों।

॥ संपूर्ण महा-उपन्यास समाप्त ॥

"जिस्म मिट्टी में मिल जाते हैं, शादियाँ और शाखें गुज़र जाती हैं, हुकूमतें और ज़माने बदल जाते हैं... मगर जब किसी शायर का पवित्र इश्क सूफी इबादत बन जाता है, तो वो कव्वालियों और नज़्मों की शक्ल में सदियों तक हवाओं में जिंदा रहता है। लफ़्ज़ कभी नहीं मरते, वो अमर हैं... ठीक आरव और मीरा की इस रूहानी मोहब्बत की तरह।"

VOLUME 2

हमकदम

(वी आर देयर फॉर इच अदर)

लेखक

आसदीप श्रीवास्तव

समर्पण

यह पुस्तक समर्पित है उस 'हमकदम' को...
जो जिंदगी के सबसे गहरे तूफानों में मेरी ढाल बनी,
जिसकी खामोशी ने मुझे सुधारा और जिसकी
मुस्कान ने मुझे हमेशा जीतना सिखाया।

प्रस्तावना

एक लेखक के रूप में 'हमकदम' केवल शब्दों का ताना-बाना नहीं है, बल्कि यह जिंदगी के उतार-चढ़ाव, विश्वास और समर्पण की एक जीती-जागती दास्तां है। जब जीवन में सब कुछ सही चल रहा होता है, तब साथ चलना आसान होता है। लेकिन असली परीक्षा तब होती है जब चारों तरफ कानूनी, वित्तीय और मानसिक अंधकार छा जाए।

यह कहानी दर्शाती है कि कैसे एक मजबूत रिश्ता दुनिया की बड़ी से बड़ी साज़िश को मटियामेट कर सकता है। आशा है कि यह पुस्तक हर उस इंसान को हिम्मत देगी जो इस वक्त जिंदगी की किसी न किसी जंग से जूझ रहा है।

— आसदीप श्रीवास्तव

प्रोलॉग

यादों का कोलाज

सर्दियों की वो एक ठंडी, धुंधली शाम थी। उत्तर प्रदेश के दिल कहे जाने वाले लखनऊ शहर की रफ्तार गोमती नगर की चौड़ी सड़कों पर दौड़ती गाड़ियों की हेडलाइट्स के साथ धीरे-धीरे धीमी हो रही थी। दिसंबर का महीना अपने शबाब पर था और खिड़की के बाहर

कोहरा इस कदर बढ़ रहा था, मानो पूरे शहर पर सफेद चादर ओढ़ानी शुरू कर दी हो। जिंदगी भी तो कुछ ऐसी ही होती है न? कभी-कभी इसके सबसे खूबसूरत और साफ रास्तों पर भी गलतफहमियों की ऐसी ही गहरी धुंध छा जाती है, जहाँ आगे का रास्ता देखना मुश्किल हो जाता है।

आसदीप अपने कमरे के एक बेहद शांत कोने में बैठे थे। वहाँ रखी लकड़ी की पुरानी, नक्काशीदार मेज पर उनकी कोहनी टिकी थी। उनके मजबूत हाथों में मिट्टी का एक कुल्हड़ था। कुछ देर पहले उस कुल्हड़ से उठती अदरक और इलाइची वाली चाय की तेज भाप अब पूरी तरह शांत हो चुकी थी, ठीक वैसे ही जैसे समय बीतने के साथ इंसान के भीतर की बेचैनी जम जाती है।

आसदीप का ध्यान उस ठंडी हो रही चाय पर बिल्कुल नहीं था। उनकी नजरें तो सामने की दीवार पर टंगे एक बड़े, आलीशान फ्रेम पर टिकी हुई थीं।

वह कोई साधारण फ्रेम नहीं था; वह उनकी जिंदगी की सबसे खूबसूरत यादों का एक जीवंत कोलाज था। उस कोलाज को देखते ही ऐसा लगता मानो बीते सालों की गुनगुनी धूप की गर्माहट सीधे रूह में उतर रही हो। उसमें बचपन जैसी कुछ नादानियाँ थीं, खिलखिलाते हुए चेहरे थे,

और थीं वो तमाम तस्वीरें जो आसदीप के जीवन के सबसे हसीन और संघर्षपूर्ण सफर की खामोश गवाह थीं।

कोलाज के बिल्कुल बीचों-बीच एक तस्वीर ने उनका ध्यान सबसे ज्यादा खींचा। उस तस्वीर में अंकिता गुस्से में अपनी बड़ी-बड़ी, हिरणी जैसी आँखों को सिकोड़े, मुँह फुलाए पूरी नाराजगी के साथ एक तरफ देख रही थी। वहीं उसके ठीक बगल में आसदीप खुद अपने दोनों कान पकड़े, चेहरे पर एक बेहद मासूम और लाचार सी मिन्नत लिए उसे मनाने की पुरजोर कोशिश कर रहे थे।

इस तस्वीर को देखते ही आसदीप के होठों पर एक गहरी, थोड़ी अधूरी लेकिन बेहद पाकीज़ा मुस्कान तैर गई। वह अतीत के उस गलियारे में वापस लौट गए। वह अंकिता ही तो थी, जिसे मनाना इस पूरी कायनात का सबसे पेचीदा, दिमागी तौर पर थका देने वाला, लेकिन फिर भी दिल को सबसे ज्यादा सुकून और रूह को तृप्ति देने वाला काम था।

वे दोनों स्वभाव से एक-दूसरे से बिल्कुल जुदा थे—जैसे प्रकृति के दो अलग-अलग छोर। अंकिता एक तेज बहती, पत्थरों से टकराकर शोर

करती पहाड़ी नदी की तरह चंचल, बेहद भावुक और अपनी बात को बेबाकी से रखने वाली मुखर लड़की थी।

इसके विपरीत, आसदीप उसी नदी के किनारे सदियों से खड़े एक शांत, गंभीर, धीर और मजबूत बरगद के पेड़ की तरह थे, जो हर मौसम को अपने भीतर सोखने की ताकत रखता था। दोनों के मिजाज में जमीन-आसमान का फर्क था, दोनों के सोचने का तरीका अलग था, पर कमाल देखिए कि जब भी वे दोनों एक फ्रेम में, एक साथ होते थे, तो मानो पूरी कायनात मुकम्मल हो जाती थी। उनके बिना एक-दूसरे का अस्तित्व ही अधूरा था।

रूठना उसका, मनाना मेरा

अन्किता की नाराजगी की एक खास बात थी — जब वह नाराज होती थी, तो चिल्लाती नहीं थी। उसकी खामोशी ही उसका सबसे बड़ा हथियार बन जाती थी। उसकी वो गहरी, चुभने वाली खामोशी घर की कंक्रीट की दीवारों से टकराकर पूरे सन्नाटे में इस कदर गूंजती थी कि सामने वाले का दम घुटने लगे। और आज की यह धुंधली शाम भी कुछ ऐसी ही भारी, बोझिल और तनाव से भरी लग रही थी।

गलती इस बार भी आसदीप की ही थी। काम के सिलसिले में, दफ्तर की अंतहीन फाइलों और बैठकों में लगातार हो रही देरी ने आज अंकिता के सब्र का बांध पूरी तरह तोड़ दिया था। वह दोपहर से उनका इंतजार कर रही थी, और अब शाम ढल चुकी थी।

"अंकिता, प्लीज... मेरी पूरी बात तो सुनो यार। दफ्तर में अचानक कुछ ऐसी ऑडिट फाइलें और कानूनी दस्तावेज आ गए थे, जिन्हें देखना उसी वक्त बेहद जरूरी था। अगर मैं आज उन पर साइन नहीं करता तो पूरा प्रोसेस रुक जाता," आसदीप ने बेडरूम में उसके पीछे-पीछे चलते हुए बेहद नर्म, झुकी हुई और माफी मांगती आवाज में कहा।

अंकिता जो अलमारी में कपड़े रख रही थी, अचानक मुड़ी। उसकी आँखों में नाराजगी की लालिमा साफ झलक रही थी। उसकी पलकें थोड़ी नम थीं, लेकिन उस गुस्से और आक्रोश की ओट में ढेर सारा अधिकार, बेपनाह परवाह और थोड़ा सा वो दर्द छुपा हुआ था जो सिर्फ अपनों से उपेक्षा मिलने पर होता है।

अंकिता के साथ एक बात बहुत खास थी— जब वह सामान्य होती तो अपनी मातृभाषा में बात करती, लेकिन जब वह बहुत ज्यादा जज्बाती, आहत या गुस्से में होती थी, तो अपनी भावनाओं की तीव्रता को व्यक्त करने के लिए वह अंग्रेजी के कड़े और सीधे शब्दों का सहारा लेती थी।

"You always do this, Asdip! You think a simple 'sorry' can fix everything every single time? टाइम की कोई वैल्यू है या नहीं तुम्हारी लाइफ में? या ये घर और मैं सिर्फ तुम्हारी सहूलियत के हिसाब से हैं?"

आसदीप ने अपनी जगह पर खड़े होकर एक गहरी और लंबी सांस ली। वह अपनी पत्नी को बहुत अच्छी तरह से पढ़ते थे। वह जानते थे कि अंकिता का यह गुस्सा किसी घमंड या अहंकार की वजह से नहीं था। वह इसलिए नाराज नहीं थी कि आसदीप लेट आए, बल्कि वह इसलिए परेशान थी क्योंकि वह उनके स्वास्थ्य की चिंता करती थी।

समय पर खाना न खाना, देर रात तक जागना और तनाव लेना — अंकिता को यह सब अंदर ही अंदर डराता था। उसके गुस्से के पीछे सिर्फ और सिर्फ उनका ख्याल था।

आसदीप ने बिना कोई पलटवार किए, बिना अपनी आवाज को ऊंचा किए, बेहद सधे, धीमे और शांत कदमों से उसकी तरफ कदम बढ़ाए।

उन्होंने बहुत ही कोमलता से, लेकिन पूरे हक के साथ अंकिता के दोनों ठंडे पड़ चुके हाथों को अपने बड़े और मजबूत हाथों के घेरे में ले लिया।

अंकिता ने अपनी आदत के मुताबिक, पहले तो एक झटके से अपने हाथ छुड़ाने की पूरी कोशिश की, अपना मुंह दूसरी तरफ घुमाया। लेकिन आसदीप की पकड़ में वो जिद्द नहीं थी, बल्कि वो गर्माहट, सुरक्षा और मजबूती थी जो सिर्फ उन लोगों के पास होती है जो किसी को अपनी जान से ज्यादा टूटकर चाहते हैं। अंकिता चाहकर भी उनके हाथों की उस छुअन से खुद को अलग नहीं कर पाई।

आसदीप ने थोड़ा और करीब आते हुए, उसकी आँखों में आँखें डालीं। उनके चेहरे पर वही पुरानी, सदाबहार और जादुई मुस्कान बिखरी हुई थी, जो किसी भी बड़े तूफान को शांत कर सकती थी। उन्होंने आँखों में हल्की सी शरारत लाते हुए कहा, "मुझे पता है कि मुझसे आज फिर से बहुत बड़ी भूल हुई है। मैं सजदे में सिर झुकाकर अपनी खता कबूल करता हूँ। पर मेरी प्यारी अंकिता, मुझे बस एक बात बताओ... तुम्हारी यह नाराजगी शत-प्रतिशत जायज है,

मैं गुनहगार हूँ। लेकिन इस गुनहगार की सजा में, इस मिट्टी के कुल्हड़ वाली खास अदरक की चाय का ठंडा होना कहाँ तक जायज है? जिसे मैं रास्ते में अपनी गाड़ी रोककर, सिर्फ और सिर्फ तुम्हारी उस पसंदीदा पुरानी दुकान से बनवाकर लाया हूँ?"

आसदीप का यह लहजा, वो चाय का जिक्र और उनकी आँखों की वो मासूमियत... यह वो त्रिशूल था जिसका अंकिता के पास कोई जवाब नहीं होता था। इस लहजे ने अंकिता के भीतर जमी नाराजगी की सख्त बर्फ को धीरे-धीरे पिघलाना शुरू कर दिया। उसने पहले दीवार की तरफ देखा, फिर नीचे रखे चाय के कुल्हड़ को देखा जिससे अब भी हल्की सी खुशबू आ रही थी।

उसने अपनी नजरें आसदीप की आँखों से चुराते हुए, थोड़े दबे और बुदबुदाते हुए लहजे में कहा, "तुम बहुत चालाक हो, आसदीप। अपनी इन मीठी-मीठी बातों से सामने वाले को बहलाना अच्छे से जानते हो। अपनी हर गलती को चाय के पीछे छुपा लेते हो।"

"चालाक नहीं हूँ अंकिता, बस अपनी इस रूठी हुई दुनिया को, अपनी इस अंकिता को वापस अपनी बांहों में समेटने का हुनर सीख रहा हूँ। क्योंकि तुम्हारे बिना इस आसदीप का कोई वजूद नहीं है," आसदीप ने पूरी शिद्दत, हौसले और बेहद सम्मान के साथ कहा।

उनके इन शब्दों का कमरे में गूंजना ही था कि माहौल की वो सारी कड़वाहट, वो सारा भारीपन एक ही पल में हवा हो गया। अंकिता के चेहरे पर एक हल्की सी मुस्कान दौड़ गई, जिसे उसने अपने पल्लू के पीछे छुपाने की नाकाम कोशिश की।

धूप-छांव का खेल

दिन अपनी ही मस्त, बेलगाम रफ्तार से गुजर रहे थे। समय का चक्का जब सुख के दिनों में घूमता है, तो उसकी गति का अहसास ही नहीं होता। अंकिता और आसदीप की जिंदगी में खुशियों के कई नए, चटक रंग जुड़ रहे थे। शादी के बाद शुरुआती दिनों का वो संकोच अब एक गहरे, अनकहे दोस्ताना हक में बदल चुका था। आसदीप का बिजनेस लगातार नई ऊंचाइयों को छू रहा था, लेकिन इस कमर्शियल कामयाबी के बीच उन्होंने कभी भी अपनी निजी जिंदगी की गर्माहट को कम नहीं होने दिया।

जब भी आसदीप को अपनी बेहद मसरूफ और थका देने वाली दिनचर्या से थोड़ा भी वक्त मिलता, वह अंकिता को कोई न कोई खूबसूरत सरप्राइज देने से कभी नहीं चूकते थे। उन्हें अंकिता के चेहरे पर अचानक आने वाली वो मासूम सी हैरानी और उसके बाद खिलखिलाती हुई मुस्कान देखना दुनिया के किसी भी बड़े बिजनेस टर्नओवर से ज्यादा कीमती लगता था।

कभी आधी रात को जब पूरा लखनऊ शहर सो जाता था, तब अचानक अंकिता का हाथ पकड़कर गोमती नगर की सुनसान, ठंडी सड़कों पर लॉग ड्राइव पर निकल जाना–

जहाँ सिर्फ गाड़ियों की हेडलाइट्स की पीली रोशनी और सड़क किनारे लगे गुलमोहर के पेड़ों के साए होते थे।

तो कभी अपनी पसंदीदा रॉयल एनफील्ड बाइक को किक मारकर चालू करना, और अंकिता को पीछे बैठाकर बाराबंकी के उन सुदूर, शांत ग्रामीण रास्तों की तरफ निकल जाना— जहाँ सर्दियों की सुबह की ठंडी, सोंधी हवाएं सीधे चेहरों पर आकर लगती थीं।

उन रास्तों पर बाइक चलाते हुए जब अंकिता डरकर या फिर बेहद प्यार से आसदीप के कंधों पर अपना हाथ रख देती थी, तो आसदीप को लगता कि मानो उन्होंने वक्त की नब्ज को अपनी मुट्ठी में थाम लिया है। बाइक की वो जानी-पहचानी 'धुक-धुक' की आवाज और पीछे बैठी अंकिता का धीमे से उनके कान में कुछ बुदबुदाना, उनका सबसे पसंदीदा शगल बन चुका था।

अंकिता का वह बेबाक, बच्चों जैसा अल्हड़पन, हर छोटी चीज में खुशी ढूंढ लेना, और आसदीप का वह गहरा, धीर-गंभीर और शांत ठहराव — दोनों मिलकर जीवन की एक ऐसी मुकम्मल, जादुई धुन बना रहे थे जिसे सुनकर कोई भी दंग रह जाए। वे दोनों एक-दूसरे के पूरक बन चुके थे। जहाँ अंकिता जिंदगी को खुलकर जीना सिखाती, वहीं आसदीप उस जिंदगी को एक मजबूत सुरक्षा और स्थायित्व देते थे।

लेकिन जिंदगी का मिजाज भी बड़ा अजीब और अनपेक्षित है। यह हमेशा एक जैसी सीधी, शांत और सुरक्षित लकीर पर नहीं चलती। सयाने और तजुर्बेकार लोग अक्सर कहते हैं कि समंदर में आने वाले सबसे बड़े, खौफनाक और विनाशकारी तूफान से ठीक पहले की जो खामोशी होती है, वह सबसे ज्यादा गहरी, रहस्यमयी और डरावनी होती है। इंसान उस शांति को सुकून समझ बैठता है, जबकि वह आने वाली तबाही की दस्तक होती है। कुछ ऐसा ही खौफनाक मंजर उनके हंसते-खेलते आशियाने के साथ भी होने वाला था।

एक दोपहर, जब आसमान बिल्कुल साफ था और धूप खिड़की के कांच से छनकर आसदीप के दफ्तर के केबिन में आ रही थी, आसदीप अपने आलीशान ऑफिस में बैठे थे। उनके सामने एक बेहद महत्वपूर्ण और उनके ड्रीम प्रोजेक्ट से जुड़ी डील्स की फाइलों का अंबार लगा था, जिनकी वह बेहद बारीकी से समीक्षा कर रहे थे। सब कुछ बिल्कुल सही चल रहा था, तभी मेज पर रखे उनके फोन की घंटी बजी, जिसकी तेज वाइब्रेशन ने कमरे के सन्नाटे को तोड़ा।

आसदीप ने स्क्रीन की तरफ देखा। स्क्रीन पर उनके मुख्य कानूनी सलाहकार का नाम चमक रहा था। अमूमन कानूनी सलाहकार का फोन इस वक्त आना किसी बड़ी बात का संकेत था। आसदीप ने एक पल की झिझक के बाद फोन उठाया और जैसे ही उसे अपने कान से लगाया, उधर से आने वाली लड़खड़ाती और गंभीर आवाज ने आसदीप के पैरों तले से मानो जमीन ही खिसका दी।

"सर... एक बहुत बड़ी गड़बड़ हो गई है," उधर से वकीलों ने कहा।

आसदीप के एक बहुत बड़े, महत्वाकांक्षी और पुराने प्रोजेक्ट पर कुछ रसूखदार असामाजिक तत्वों और कुछ प्रशासनिक गलतफहमियों के कारण एक बेहद गंभीर, पेचीदा कानूनी और वित्तीय संकट आ खड़ा हुआ था। विरोधी पक्ष ने बेहद शातिर तरीके से जाल बुना था। बात सिर्फ चंद रुपयों की हेराफेरी या मुनाफे के नुकसान की नहीं थी; बात यहाँ आसदीप के बरसों की कड़े पसीने और ईमानदारी से की गई मेहनत, उनकी बाजार में बनी बेदाग साख, उनके परिवार के नाम और सबसे बढ़कर उनके आत्मसम्मान पर बन आने की थी। एक ही झटके में उनके पूरे साम्राज्य पर एक काला साया मंडराने लगा था।

उस दिन शाम को जब आसदीप घर लौटे, तो मुख्य दरवाजे पर उनके कदम हमेशा की तरह हल्के नहीं थे। उनके चेहरे पर हमेशा सजी रहने

वाली वो बेफिक्र, जिंदादिल और दुनिया को जीत लेने वाली मुस्कान कहीं गहरे अंधेरे में खो चुकी थी। उनके चौड़े, मजबूत कंधे, जो हमेशा बड़ी से बड़ी जिम्मेदारी उठाने के लिए सीधे रहते थे, आज किसी भारी अदृश्य बोझ के तले थोड़े झुके हुए महसूस हो रहे थे। उनकी गहरी आँखों में एक अजीब सा खालीपन, एक अनजाना खौफ और गहरा सन्नाटा पसरा हुआ था।

वह घर के भीतर दाखिल होते समय अंकिता के सामने बिल्कुल सामान्य, बेफिक्र दिखने का एक असफल और थका हुआ प्रयास कर रहे थे। वह नहीं चाहते थे कि उनके दफ्तर का यह तनाव उनके घर की खुशियों को नजर लगा दे।लेकिन जैसे ही अंकिता ने मुख्य दरवाजा खोला, उसकी पारखी, संवेदनशील और मोहब्बत से भरी नजरों ने एक ही पल में, बिना किसी देरी के आसदीप के चेहरे पर खिंची उन तनाव की गहरी रेखाओं को पढ़ लिया। जो आँखें सिर्फ आसदीप को देखने के लिए बनी हों, भला उनसे कोई दर्द कैसे छुप सकता था? उसने एक ही नजर में भांप लिया कि आज कुछ ऐसा अनर्थ हुआ है जिसने अंदर से बेहद मजबूत माने जाने वाले आसदीप को भी भीतर तक झकझोर कर रख दिया है।

"आसदीप? क्या बात है? तुम इस तरह क्यों दिख रहे हो? चेहरा इतना उतरा हुआ क्यों है? तुम्हारी तबीयत तो ठीक है ना?" अंकिता ने उनका हाथ थामते हुए, अपनी आवाज में अत्यंत व्याकुलता और घबराहट समेटकर पूछा।

"कोई बात नहीं अंकिता... सब ठीक है। बस दफ्तर में आज एक नई ऑडिट फाइल और काम का थोड़ा ज्यादा दबाव था, इसलिए शारीरिक थकान महसूस हो रही है और कुछ नहीं," आसदीप ने अंकिता की खोजी आँखों से अपनी नजरें चुराते हुए और सोफे पर ढहते हुए अंदाज में बैठते हुए कहा।

जब ढाल बनी अंकिता

लेकिन अंकिता सिर्फ सुख के सुनहरे पलों में साथ हंसने वाली हमसफर नहीं थी। वह आसदीप की रग-रग से, उनकी हर एक सांस की थिरकन से वाकिफ थी। वह उन पत्नियों में से नहीं थी जो पति के 'सब ठीक है' कह देने पर तसल्ली मानकर रसोई में चली जाएं। वह एक चट्टान की तरह अडिग रहने वाली स्त्री थी।

वह धीरे से आगे बढ़ी, और सोफे पर बैठे आसदीप के ठीक पास ही नीचे फर्श पर अपने घुटनों के बल बैठ गई। उसने आसदीप के दोनों ठंडे, कांपते और तनाव से भींचे हुए हाथों को अपने कोमल लेकिन इस वक्त बेहद दृढ़ हाथों में लेकर कसकर थाम लिया।

"Asdip, look straight into my eyes," अंकिता ने इस बार फिर अंग्रेजी के कड़े शब्दों का सहारा लिया, लेकिन उसका लहजा बेहद मखमली, गहरा और पूरी तरह से अधिकारपूर्ण था। उसकी आवाज में एक ऐसा सम्मोहन था कि आसदीप चाहकर भी अपनी नजरें नीचे नहीं रख सके। "हम दोनों ने अग्नि के फेरे सिर्फ अच्छे दिनों में साथ पार्टी करने या घूमने के लिए नहीं लिए हैं। हम सिर्फ अच्छे दिनों के पार्टनर नहीं हैं, आसदीप। अगर कोई बात, कोई मुसीबत तुम्हें अंदर ही अंदर परेशान कर रही है, तुम्हें तोड़ रही है, तो उस दर्द पर, उस परेशानी पर पहला और पूरा हक मेरा है। मुझे साफ-साफ बताओ कि

क्या छुपा रहे हो तुम मुझसे?" अंकिता ने सीधे उनकी रूह में झांकते हुए कहा।

आसदीप ने जब अंकिता की उस अटूट, चट्टान जैसी दृढ़, और बेपनाह स्नेह से भरी आँखों में देखा, तो उनके भीतर जो सब्र और अकेले लड़ने का बांध था, वह पूरी तरह से टूट गया। इंसान जब अपनों के सामने पूरी तरह सुरक्षित महसूस करता है, तभी बिखरता है। आसदीप ने एक गहरी सांस ली और उन्होंने एक-एक करके उस पूरे कानूनी संकट, विरोधी पक्ष की साजिश, भारी वित्तीय नुकसान की आशंका, और बाजार में साख पर आने वाले उस खौफनाक खतरे की पूरी कहानी अंकिता के सामने लाकर रख दी — जिसने उन्हें भीतर से पूरी तरह हिलाकर रख दिया था।

यह सब बोलते हुए आसदीप को मन ही मन एक गहरा डर सता रहा था कि यह सब भारी-भरकम कानूनी बातें और बर्बादी की आशंका सुनकर अंकिता शायद घबरा जाएगी, रोने लगेगी या मानसिक रूप से टूट जाएगी। हर आम इंसान यही सोचता है। लेकिन अंकिता ने उस नाजुक पल में जो प्रतिक्रिया दी, उसने आसदीप के दिल में अपनी पत्नी के लिए सम्मान और श्रद्धा को आसमान जितना ऊंचा और गहरा कर दिया। अंकिता के चेहरे पर घबराहट की एक शिकन तक नहीं आई। वह बहुत ही शांत, संयत और धीर भाव से अपनी जगह से उठी।

वह चुपचाप अंदर रसोई में गई और आसदीप के लिए एक गिलास ठंडा पानी लेकर बाहर आई। उसने पानी का गिलास आसदीप के हाथों में थमाया, और जब आसदीप ने पानी पी लिया, तो उसने अपने सूती पल्लू से आसदीप के माथे पर आए पसीने की बूंदों को बेहद कोमलता से पोंछा। फिर उसने आसदीप के चेहरे को सीधा किया और बेहद गंभीर लेकिन चट्टान जैसी अटूट और मजबूत आवाज में कहा:

"बस... इतनी सी बात के लिए? सिर्फ इस कागजी मुसीबत के लिए तुमने अपने आप को इस कदर अंदर से तोड़ लिया, आसदीप?"

"आसदीप, जरा पीछे मुड़कर देखो अपने अतीत को। तुमने अपनी जिंदगी की शुरुआत बिल्कुल शून्य से की थी। तुम्हारे पास कोई बड़ा गॉडफादर नहीं था। अपनी कड़ी मेहनत, अटूट ईमानदारी और अपनी बेजोड़ काबिलियत के दम पर तुमने आज यह मुकाम हासिल किया है। जो इंसान अपने दम पर शून्य से उठकर एक बार साम्राज्य खड़ा कर सकता है, वो दुनिया की हर मुसीबत, हर साजिश को ठेंगा दिखाकर दोबारा खड़ा हो सकता है। और सबसे बड़ी बात — शायद तुम भूल रहे हो कि इस बार तुम इस जंग में अकेले नहीं हो।"

उसने आसदीप के उन झुक रहे कांपते कंधों पर अपना हाथ पूरी मजबूती से रखा। अंकिता की आँखों में इस समय वो मामूली शिकायतें, वो नखरे या वो अल्हड़पन बिल्कुल गायब था, जो रोजमर्रा की छोटी-मोटी बातों या चाय के ठंडा होने पर हुआ करती थीं। आज वह उसकी रक्षक थी।

"पैसा, रुतबा, गाड़ियां, ये आलीशान दफ्तर— ये सब तो हाथ की मैल हैं आसदीप, आज हैं, कल नहीं। मुश्किलें आती-जाती रहेंगी, यह वक्त का पहिया है। पर जब तक हम दोनों एक-दूसरे की बांहों में सुरक्षित हैं, एक-दूसरे के अटूट विश्वास के साथ कंधे से कंधा मिलाकर खड़े हैं, दुनिया की कोई भी ताकत, कोई भी झूठा अदालती कागज हमें हरा नहीं सकता। We are there for each other, Asdip. Always and forever."

अंकिता के इन भारी, वज़नी और अटूट विश्वास से लबरेज शब्दों ने आसदीप के भीतर मानो बुझ चुकी राख के ढेर में एक नई, धधकती हुई चिंगारी सुलगा दी। जो आसदीप कुछ मिनट पहले खुद को हारा हुआ, थका हुआ और अकेला महसूस कर रहे थे, अब उनकी आँखों में

एक नया संकल्प, एक नया ओज और मुसीबतों से आंख मिलाने तथा उन्हें परास्त करने के अंगारे धधक उठे थे। उन्हें अपनी ढाल मिल चुकी थी।

आधी रात की चाय और नई शुरुआत

अन्किता के उस चट्टान जैसे हौसले और अटूट विश्वास ने आसदीप के भीतर एक अभूपूर्व ऊर्जा का संचार तो कर दिया था, लेकिन बाहरी दुनिया की कड़वी हकीकत और कानूनी दांव-पेंच अभी भी अपनी जगह जस के तस बने हुए थे। आने वाले दिन किसी कड़े इम्तिहान या किसी अग्निपरीक्षा से कम नहीं थे। अगले ही दिन से आसदीप के जीवन की दिनचर्या पूरी तरह बदल गई।

अब उनका अधिकांश समय आलीशान कॉर्पोरेट बैठकों के बजाय अदालतों के चक्कर काटने, वकीलों के केबिनों में मोटी-मोटी कानूनी किताबों के पन्ने पलटने और विरोधी पक्ष द्वारा बुने गए झूठ के जाल को एक-एक करके सुलझाने में बीतने लगा।

अदालत की तारीखें, कानूनी नोटिसों के जवाब, चार्टर्ड अकाउंटेंट्स के साथ लंबी और पेचीदा वित्तीय समीक्षाएं, और दिन-रात की भागदौड़—इस सबने आसदीप को शारीरिक और मानसिक रूप से पूरी तरह निचोड़ कर रख दिया था। कई बार ऐसा होता जब विरोधी पक्ष के शातिर वकील अदालत में झूठे गवाह और मनगढ़ंत दस्तावेज पेश करते, जिससे मामला सुलझने के बजाय और उलझ जाता। बाजार में बरसों की मेहनत से कमाई गई साख पर जब-तब उंगलियां उठतीं, तो

आसदीप का स्वाभिमानी मन अंदर ही अंदर लहूलुहान हो जाता है।

इन बेहद थका देने वाले और हताशा से भरे दिनों में अगर कोई एक चीज थी जो आसदीप को बिखरने से बचाए हुए थी, तो वह थी घर लौटकर मिलने वाला अंकिता का वो शांत, निश्चल और संबल से भरा साथ। आसदीप अक्सर देर रात, कभी-कभार रात के दो या तीन बजे, पूरी तरह टूटकर और थके हुए कदमों से घर लौटते। उनके चेहरे पर छाई मायूसी को दूर करने के लिए अंकिता बिना कुछ कहे चुपचाप आगे बढ़ती, उनका लैपटॉप बैग हाथ से लेती और उन्हें सोफे पर बैठाती।

"इतनी रात हो गई अंकिता, तुम अभी तक जागी क्यों हो? तुम्हें सो जाना चाहिए था, सुबह तुम्हारी भी दिनचर्या होती है," आसदीप अक्सर ग्लानि और फिक्र से भरी आवाज में कहते।

"जब तक इस जंग का सिपाही मैदान से घर वापस न लौट आए, तब तक उसकी ढाल कैसे सो सकती है? तुम हाथ मुंह धोकर बालकनी में आओ, मैं अभी आती हूँ।"

रात के ठीक तीन बजे, जब पूरा लखनऊ शहर गहरी और खामोश नींद की चादर ओढ़े सोया होता था, तब उनके घर की छोटी सी बालकनी में जिंदगी के सबसे गहरे और खूबसूरत अध्याय लिखे जा रहे थे। ठंडी, सनसनाती हुई हवाओं के बीच अंकिता रसोई से दो मिट्टी के कुल्हड़ों में खौलती हुई इलायची और अदरक वाली चाय लेकर आती। उस चाय से उठती हुई खुशबूदार भाप रात के सन्नाटे में मानो उम्मीद की नई किरणें बिखेर देती थी।

दोनों बालकनी की कुर्सियों पर एक-दूसरे के बेहद करीब बैठते। आसमान में टिमटिमाते हुए तारों और नीचे सड़क पर लगी पीली स्ट्रीट लाइट्स की मद्धम रोशनी के बीच, वे दोनों चाय की चुस्कियां

लेते हुए घंटों बातें करते। वहाँ दफ्तर की कानूनी फाइलें नहीं होती थीं, न ही कोर्ट-कचहरी का कोई खौफ होता था; वहाँ सिर्फ दो दिल थे जो एक-दूसरे की धड़कनों को सहला रहे थे।

"आसदीप, तुम जानते हो कि इस धुंधली और ठंडी रात के बाद जो सवेरा होगा, उसकी धूप कितनी चमकदार होगी?" अंकिता ने एक रात आसदीप के कंधे पर अपना सिर टिकाते हुए बेहद दार्शनिक लहजे में कहा।

"तुम इतनी विपरीत परिस्थितियों में भी इतनी सकारात्मक कैसे रह लेती हो, अंकिता? कभी-कभी मुझे डर लगता है कि अगर यह सब कुछ..."इससे पहले कि आसदीप अपनी शंका पूरी कर पाते, अंकिता ने अपने हाथ की एक उंगली उनके होठों पर रख दी। उसने उनकी आँखों में देखते हुए कहा, "अगर सब कुछ चला भी गया, तो भी हम वहीं वापस पहुँचेंगे जहाँ से हमने शुरुआत की थी। और वहाँ से दोबारा खड़े होने का हुनर हमसे कोई नहीं छीन सकता। यह वक्त सिर्फ हमारी कामयाबी का नहीं, बल्कि हमारे इस रिश्ते की गहराई का इम्तिहान ले रहा है। और मैं तुम्हें इस इम्तिहान में फेल नहीं होने दूंगी।"

अंकिता के ये शब्द आसदीप के कानों में किसी जादुई मंत्र की तरह गूंजते थे। वह आधी रात की चाय सिर्फ एक ड्रिंक नहीं थी, बल्कि वह एक ऐसा मरहम थी जो आसदीप के दिन भर के सारे जख्मों को सुखा देती थी।

उस चाय की हर एक चुस्की के साथ आसदीप के भीतर अगली सुबह उठकर फिर से पूरी ताकत के साथ लड़ने का हौसला पैदा हो जाता था। वे दोनों मिलकर हर रोज एक नई शुरुआत की नींव रख रहे थे।

जीत का सवेरा और वो पुरानी मुस्कान

वक्त कभी भी एक जैसा नहीं रहता; वह बदलता जरूर है। आखिरकार, वह ऐतिहासिक दिन भी आ ही गया जिसके लिए आसदीप और अंकिता ने महीनों तक सब्र, संयम और न्याय के प्रति अटूट विश्वास का दामन थामे रखा था। लखनऊ के माननीय न्यायालय का कमरा नंबर चार आज खचाखच भरा हुआ था। दोनों पक्षों के वकील अपनी-अपनी अंतिम दलीलें पूरी कर चुके थे।

विरोधी पक्ष के चेहरे पर अब तक जो शातिर और घमंडी मुस्कान थी, वह धीरे-धीरे गायब होने लगी थी क्योंकि आसदीप के वकीलों ने अदालत के सामने ऐसे अचूक, अकाट्य और पुख्ता कानूनी सबूत पेश कर दिए थे, जिन्होंने विरोधी पक्ष की सारी साज़िशों के परखच्चे उड़ा दिए। अदालत कक्ष में चारों तरफ एक भारी, दम घोंटू सन्नाटा पसरा हुआ था। आसदीप अग्रिम पंक्ति में बैठे थे, उनके हाथ आपस में भींचे हुए थे और माथे पर तनाव की हल्की लकीरें थीं। उनके ठीक बगल में अंकिता बैठी थी, जिसका चेहरा बिल्कुल शांत, गंभीर और पूरी तरह से आश्वस्त था। उसने चुपके से बेंच के नीचे से आसदीप का हाथ पकड़ा और उसे धीरे से दबाकर यह अहसास कराया कि न्याय की इस अंतिम घड़ी में भी वह उनके साथ खड़ी है।

न्यायाधीश महोदय ने अपना चश्मा ठीक किया, कुछ पन्नों पर हस्ताक्षर किए और फिर अपनी गंभीर, गूंजती हुई आवाज में फैसला पढ़ना शुरू किया:

"इस अदालत के सामने पेश किए गए तमाम दस्तावेजी सबूतों, गवाहों के बयानों और गहन जांच रिपोर्ट के आधार पर यह पूरी तरह सिद्ध होता है कि विपक्षी दल द्वारा आसदीप श्रीवास्तव और उनकी कंपनी पर लगाए गए तमाम वित्तीय और कानूनी आरोप पूरी तरह से निराधार, मनगढ़ंत और दुर्भावना से प्रेरित थे... अदालत इस मामले को पूरी तरह से खारिज करती है और आसदीप श्रीवास्तव को सभी आरोपों से ससम्मान बरी करती है..."

अदालत के कमरे में 'ऑर्डर-ऑर्डर' की गूंज के बीच जैसे ही यह फैसला सुनाया गया, आसदीप के कानों में मानो एक साथ हजारों शहनाइयां गूंज उठीं। उनके सीने से महीनों पुराना एक बेहद भारी, दमनकारी बोझ एक ही पल में उतर गया। दफ्तर के कर्मचारी और शुभचिंतक खुशी से झूम उठे।

आसदीप ने जैसे ही मुड़कर अंकिता की तरफ देखा, उन्होंने पाया कि अंकिता की बड़ी-बड़ी, खूबसूरत आँखों से खुशी के आंसू अविरल बह रहे थे। जो स्त्री पूरी जंग के दौरान एक मजबूत, अभेद्य ढाल की तरह बिना रोए, बिना घबराए खड़ी रही थी, आज जीत के इस पाकीज़ा सवेरे को देखकर उसके सब्र का बांध पिघल गया था।

आसदीप ने समाज और लोकलाज की परवाह किए बिना, अदालत के उस परिसर से बाहर आते ही अंकिता को पूरी मजबूती और शिद्दत के साथ अपनी बांहों के घेरे में समेट लिया। यह आलिंगन सिर्फ दो जिस्मों का नहीं, बल्कि दो ऐसी रूहों का मिलन था जिन्होंने मिलकर एक बहुत बड़े तूफान को शिकस्त दी थी।

"I told you, Asdip! मुझे पूरा यकीन था कि सच की कभी हार नहीं हो सकती। तुम्हारी ईमानदारी की जीत होनी ही थी," अंकिता ने उनके सीने पर अपना सिर टिकाते हुए, सिसकते हुए और बेहद लाड भरी आवाज में कहा।

आसदीप ने अंकिता के आंसुओं को अपने हाथों से पोंछा। उनके होठों पर महीनों बाद वह पुरानी, बेफिक्र, जिंदादिल और जादुई मुस्कान पूरी तरह से लौट आई थी। उन्होंने अंकिता के माथे पर एक बेहद गहरा और पवित्र चुंबन अंकित करते हुए कहा, "यह जीत मेरी नहीं है, अंकिता। यह जीत तुम्हारी उस अटूट आस्था की है, तुम्हारा उस बेजोड़ हौसले का है जो मेरे बिखरने के वक्त मुझे थामे खड़ा था। अगर तुम मेरी ढाल बनकर नहीं खड़ी होती, तो शायद आसदीप आज इस मुकाम पर मुस्कुराने के काबिल नहीं बचता।"

माहौल की वो सारी कड़वाहट, वो सारा भारीपन अब पूरी तरह से खत्म हो चुका था। उनके जीवन का वह सबसे काला, भयानक और अंधकारमय अध्याय हमेशा-हमेशा के लिए बंद हो चुका था।

उपसंहार

समंदर की लहरें और एक नया वादा

इस महान कानूनी और मानसिक जंग को जीतने के कुछ महीनों बाद, जब स्थितियां पूरी तरह सामान्य हो गईं और बिजनेस ने फिर से अपनी पुरानी रफ्तार पकड़ ली, तब आसदीप और अंकिता अपनी जिंदगी के इन खूबसूरत पलों को एक नए तरीके से जीने के लिए दूर, सात समंदर पार दुबई शहर पहुँचे।

यह शाम लखनऊ की उन सर्द रातों से बिल्कुल जुदा थी। दुबई मरीना का नजारा बेहद आलीशान, भव्य और जादुई लग रहा था। समंदर के नीले, शांत पानी पर तैरती गगनचुंबी इमारतों की रंग-बिरंगी लाइटें इस कदर चमक रही थीं, मानो आसमान के सारे सितारे जमीन पर उतर आए हों। पानी की लहरों की हल्की, सुरीली आवाज माहौल में एक अजीब सा रोमांस और सुकून घोल रही थी।

एक बेहद आलीशान, निजी लग्जरी यॉट (Luxury Yacht) धीरे-धीरे समंदर के सीने को चीरती हुई अनंत क्षितिज की तरफ आगे बढ़ रही थी। आसदीप यॉट के डेक पर खड़े थे। उन्होंने एक बेहद शानदार, प्रीमियम सफेद रंग का ब्लेज़र (White Blazer) पहन रखा था, और उनकी कलाई पर बंधी लग्जरी सोने की घड़ी (Gold Watch) ढलते सूरज की आखिरी किरणों और शहर की रोशनियों के बीच रह-रहकर चमक उठती थी।

उनका यह पूरा लुक किसी 90 के दशक की क्लासिक, विंटेज और बेहद एस्थेटिक सिनेमाई फिल्म के हीरो जैसा लग रहा था। उनके चेहरे पर अब कोई तनाव नहीं था, कोई खौफ नहीं था; वहाँ सिर्फ एक

गहरी परिपक्वता, एक बड़ी जंग जीतने का गौरव और असीम शांति थी।

तभी यॉट के केबिन का दरवाजा खुला और अंकिता बाहर आई। वह हमेशा की तरह बला की खूबसूरत और शालीन लग रही थी। हवा के झोंकों से उसकी जुल्फें उड़कर उसके चेहरे पर आ रही थीं। वह धीरे-धीरे चलते हुए आसदीप के पास आई और उनके बगल में खड़ी हो गई। समंदर की ठंडी हवा का एक तेज झोंका आया, जिससे अंकिता को थोड़ी सिहरन हुई।

आसदीप ने बिना एक पल गंवाए, बेहद प्यार और परवाह के साथ अपने दोनों मजबूत हाथों से अंकिता को पीछे से अपने आगोश में ले लिया। अंकिता ने मुस्कुराते हुए अपना सिर पीछे करके आसदीप के चौड़े कंधे पर टिका दिया। दोनों की नजरें सामने फैले उस अनंत समंदर और चमकते शहर पर टिकी हुई थीं।

"यह सब कितना जादुई लग रहा है न, आसदीप? ऐसा लगता है मानो हम किसी खूबसूरत सपने के बीच में जी रहे हैं," अंकिता ने समंदर की लहरों को देखते हुए बेहद धीमी और जज्बाती आवाज में कहा।

"यह कोई सपना नहीं है, अंकिता। यह हमारी उस असल जिंदगी का हसीन हकीकत रूप है, जिसे हमने अपने खून-पसीने, अपने विश्वास और अपनी मोहब्बत के दम पर इस मुश्किल सफर से खींचकर बाहर निकाला है। इस समंदर की लहरों को देखो, ये कितनी भी ऊंची क्यों न उठें, आखिरकार इन्हें शांत होना ही पड़ता है। हमारी जिंदगी का तूफान भी कुछ ऐसा ही था।"

अंकिता का दिल, जो कभी छोटी-छोटी बातों पर रूठ जाया करता था, जिंदगी के इन थपेड़ों को खाकर अब और भी ज्यादा परिपक्व, गंभीर और गहरा हो चुका था। उसने आसदीप के गाल पर अपना कोमल

हाथ रखा, और अपनी बड़ी-बड़ी आँखों में बेपनाह मोहब्बत और गहरा अधिकार समेटकर कहा:

"I told you before, my dear Asdip, and I am telling you again. चाहे जिंदगी में कितनी भी कड़ी धूप हो या घनी छांव, चाहे सुख के ऊंचे पहाड़ हों या दुखों का कोई बहुत बड़ा इम्तिहान... हम कभी भी, किसी भी हाल में एक-दूसरे का हाथ नहीं छोड़ेंगे। We are there for each other, always and forever."

आलीशान यॉट धीरे-धीरे समंदर की लहरों के सीने को चीरती हुई अनंत क्षितिज की तरफ आगे बढ़ रही थी, जहाँ समंदर और आसमान आपस में मिल रहे थे। आसमान में अब रात के पहले सितारे अपनी पूरी भव्यता के साथ उभर आए थे, और पानी में तैरती शहर की रंगीन रोशनियों का नजारा किसी जन्नत जैसा जादुई लग रहा था।

आसदीप और अंकिता बहुत अच्छी तरह जानते थे कि जिंदगी के इस लंबे रास्ते में आगे भी कई उतार-चढ़ाव आएंगे, कई नए मोड़ आएंगे और कई नई चुनौतियां मुंह बाए खड़ी होंगी। लेकिन अब उनके दिलों में कोई डर हीं था, कोई संशय नहीं था।

वे जानते थे कि जब तक वे एक-दूसरे के 'हमकदम' हैं, तब तक दुनिया का कोई भी तूफान उनकी खुशियों के आशियाने को हिला नहीं सकता। वे दोनों एक-दूसरे के लिए बने थे, एक-दूसरे के साथ थे—हमेशा और हर हाल में।

www.ingramcontent.com/pod-product-compliance
Lightning Source LLC
LaVergne TN
LVHW090430210926
848480LV00002B/764
* 9 7 9 8 9 0 5 6 0 2 8 3 2 *